죽전詩마당

국립중앙도서관 출판예정도서목록(CIP)

죽전詩마당. 제5집(2017) / 죽전시문학회 편. -- 서울 : 한누리미디어, 2017

p. ; cm

ISBN 978-89-7969-765-0 03810 : ₩10000

한국 현대시 [韓國現代詩]

811.7-KDC6
895.715-DDC23   CIP2017032280

죽전 詩마당

2017 제5집 · 죽전시문학회

한누리미디어

동인지 제5집을 발간하며……

  죽전시문학회 동인지는 어느덧 제5집을 발간하게 되었습니다.

  제1집 《참대밭 시마당》(2013년), 제2집 《대꽃 피는 마을》(2014), 제3집 《시마당 대꽃마을》(2015년), 제4집은 제호를 《죽전시문학》(2016년)으로 하였고, 올해는 《죽전시마당》이라 이름하여 발간합니다.

  사람은 떠나도 시는 남는 것, 해를 넘겨갈수록 더욱 성숙해지고 숙성되어가는 멋진 글 늘 쓰며 다듬으며 생활의 한 부분이 되어 한 편, 두 편의 귀한 시가 창작되고 한 사람 두 사람의 반가운 시인들이 모여 죽전시문학회는 이제 걸음마를 멈추고 문밖으로 나서게 되었습니다.

  저희를 지도하여 주시는 김태호 선생님께서 여덟 번째 시집 《바람꽃 지등소리》 시선집을, 최영희 시인은 시집 《나의 시는 착하지 않다》 등을 출간하였으며, 송정제 시

인은 〈타인의 거울〉 외 4편의 시가 『시와 수필』에, 정소
민 시인은 〈가을 소묘〉 외 2편의 시가 『계간 시원』에, 손
정숙 시인은 〈너 그거 아니〉 외 2편의 시가 계간 『국제문
예』에 추천되어 신인상을 수상하였으며, 또한 총무였던
이찬주 시인은 멀리 파라과이에 KOICA 해외봉사단 요원
으로 선발되어 대한민국의 위상을 널리 알리는 등 회원
모두에게 기쁨을 안겨주고 있습니다.

제5집 동인지 발간을 다함께 기뻐하며 더욱더 발전하
는 죽전시문학회가 될 것을 기약해 봅니다.

감사합니다.

2017년 11월 입동에

죽전시문학회 회장 **박 춘 추**

이삭 줍기 외3편

김 태 호

가을걷이 끝나면 여기저기
밭고랑 놓인 가시랭이
허리 굽혀 주워야 하네

어쩌다 한눈을 팔았을까
귀여운 알갱이들
두 눈 부릅뜨고 찾아야 하네

나도 몰라 얼결에
맨바닥 튕겨진 몸
찬비 맞기 전 거두어야 하네

알뜰살뜰 바구니 가득
덤불 속 날아간 새
불을 밝혀 구해야 하네

그루터기 앉아

뒷산 오름길, 길목 지키던
아름드리 오동나무
어느 날 아무도 모르게 사라지고
덩그마니 그루터기만 남았네
눈이 내리고 비가 와도
멧새들 날아와 나래를 털며
둥지로 여겨 쉬어가던 곳
너울대던 푸른 그늘
새들의 합창소리 들리지 않고
허공에 빈 그림자만 일렁이네
누가 베었을까, 웃자란
목숨 앗아간 슬픈 터무니
그루터기 앉아 스쳐나는
바람소리를 듣네

가시나무꽃

따끔따끔 가시 두른
가지 끝에 꽃을 피웠네

잎 틔우랴 벌레 쫓으랴
메마른 몸 뒤틀면서도
어둠 속 피워낸 애잔한 꽃

머리 위로 날려 보낸
낮과 밤의 슬픈 이야기
지나가는 벌 나비
알아주지 않아도 좋아

푸른 하늘 가없는 곳에
눈빛을 보내야지
반짝반짝 모퉁잇길 앉아
뜨거운 입김 불어내는
가시나무꽃

단풍 터널

내장산 백양사 오르는 길
단풍나무가 터널을 이루었네

새빨간 잎새, 화안한 불꽃은
관광객의 눈길을 사로잡고
자동차의 경적도 멈추게 하네

다 늦은 가을―
향기에 취한 사람들
'바깥세상 궂은 일쯤이야'
흥얼흥얼 몸을 흔들고

긴 행렬 삼킨 터널은
골짝을 오르내리며
풍악楓樂을 울리고 있네

차례

Contents

차례

이경숙

임정미

정소민

Contents

박춘추

『한국현대시문학』 신인상 등단
한국문인협회 회원
죽전시문학회 회장

벚꽃 엔딩

살랑살랑 바람 강물 흔들더니
참붕어 비늘 은빛을 달고
한길가 나무 등걸 아래 하얗게
그리움 내뱉는다

비바람 시샘에 나부끼다 못해
그 위에 수채화로 덧칠하고
다닥다닥 모자이크 되어
잊히지 않은 추억 새기고 흩뜨린다

꼭 이맘때면 찾아와
홍역을 앓게 하는 꽃비
노란 우산 여인의 mp3에서
벚꽃 엔딩 음악이 잔잔하다

가을이 탄다

가을은 남성의 계절이라지만
남자가 가을을 타는 것이 아니라
멋진 사내를 시샘하는
가을이 스스로 타는구나
더불어 너도 타고 나도 타고
초록 노랑 불그스름하게
온 세상 한 폭의 수채화
들녘 허수아비도 멋을 부리니
누렇게 곡식도 여물어가네

역에는 기차가 선다

반복되는 일상을 뒤로하고
가을에 물들어 열차에 몸을 실었다
설레이는 추억
자주색 교복의 하얀 소녀
지금도 부끄럽게 미소 짓고 기다릴까

푸른 하늘 구름이 스치고
산과 들녘이 빠르게 움직이고
코스모스와 허수아비가 뒤따른다
도심을 벗어나 강과 바다
들꽃이 헝클어져 어우러진
추억이 담긴 조그마한 역
무심히 통과해 버리고
회색 콘크리트 벽에 갇힌 역사에서만
잠시 쉬었다 가네

내가 내리고 싶은 곳은
옛정이 담긴 인적 끊긴 역

그 곳엔 기다리는 사람
하얀 들국화 소녀가 있을 텐데
무작정 달리는 열차야
차라리 어느 역에도 서지 말고
그냥 통과해 버리면 안 되겠니

추억

추억 때문에 행복한가
추억 때문에 불행한가
과거를 돌이켜보기 위해
미래를 창조하기 위해 만드는 추억
현실의 삶을 달래 보려
스스로 도피의 탈을 써 본다

기억되는 젊은 날의 추억
흩어지는 노년의 추억
추억을 먹고 산다면
배부른 사람의 독백이지
널브러진 인생의 순간 탈출이지

지금 즐거우면 행복한 거고
지금 괴로우면 슬픈 거지
추억도 거기에 맞추어 가는 게야
홀로 웃어봐야
홀로 울어봐야

현실에 처한 자신의 모습일 뿐
인생에는 예습과 복습이 없듯이
현실이란 결국 만족할 수 없잖아

우린 스스로 자화자찬
코미디가 되는 게야
아무런 잇속 없는 생각들
이 때문에 살아간다면
추억거리 하나 또 만들어지겠네……

사랑과 미움

우연한 눈맞춤
무관심의 초점 잃은 시선
번뇌는 시작되지

사랑과 그리움
증오와 원망
집착에서 오는 고통
곁에 두고 애쓰지 말아야지

너무 좋아해도 미워해도
괴로움은 시작되지
거기에 오래 머물면 안 돼

좋고 싫은 것이 없다면
마음은 고요한 평화
인연은 받아들이고
집착은 놓아버리자
사랑도 아프지만 미움도 괴로우니까

고통의 향연

고통 뒤엔 소망이 이루어지지

하늘은 아픔 속에 눈비 내리고
바람도 아파야 휘몰아친다

해는 괴로우니 기울고
달은 외로워서 밤에 떠오른다

사랑도 아파야 사랑이다
아픔 뒤에 우리도 태어나지 않았는가

앓으면서 커가고
아프면서 늙어가고
많이 아프니 영원히 편안하더라
그래서 고통을 사랑한다던가

넝쿨

좋아해 사랑해
멋모르고 서로 어울렸지
차츰차츰 변해 가는 너의 본성

큰일 났어 미워해져
이미 늦었지만 이제라도 헤어져야 해
아니면 너 죽고, 나 살고

잎새 떨궈 발가벗은 채
휘어 감긴 키 큰 나무
헐떡이며 숨 고르지만

너는 푸르게 움트고
나는 삭정이 되는
갈림길에 선 불행한 인연

오이손

허공에 팔 뻗는다
한 올의 예민한 촉수
닿는 곳마다 휘어감아
옹골차게 움켜쥐고 버텨
노란 꽃과 탐스러운 열매 주렁주렁

초등학교 등굣길
엄마 손에 매달린 고사리 움
교문 앞 튕겨나가는 용수철
그 힘 어디서 솟아날까
저마다 믿음과 사랑이지

여리게 힘차게
위로 옆으로 펼쳐나지만
그새 거칠고 투박한 손이 되어
퇴색된 가지 부둥켜안고
지나간 날을 되돌아본디

할미꽃 예찬

할미꽃은 검붉은 보랏빛으로
허리 꼬부라진 꽃송이 땜에
할미꽃인 줄 알았는데
못다 핀 애송이 꽃을 보고 착각했네요

활짝 핀 할미꽃은 허리가 빳빳하고
곧게 서 있더이다
린스로 샴푸하고 요염한 은빛 발하며
하얀 머리 곱게 풀어헤치고
봄바람 시원히 맞이하며
맑은 하늘 바라보고 넘실거립디다요

자신만만한 자태
손발 마디에 관절염도 없이
허리도 펴고 기상이 대단합디다
늙을수록 수려해지는 모습
이것이 할미꽃의 참모습인데
인간에게 본보기를 보여주듯
늙어도 추하지 않는 할미꽃을 아시나요

화환 花環

하늘의 혼령이 하얀 구름을 타고
까만 머플러를 흔든다

빨간 꽃무리가 흥겨운 나래를 펴고
분홍색 머플러를 두른다

너는 가운데 나는 저 끝 변두리에
삼각다리 버티고 서서
무거운 침묵에 잠겨 졸고 있다

꽃은 외롭다
벌 나비가 웅성거리지만
멀뚱하게 머플러만 바라볼 뿐

어차피
선택되어 여기까지 왔으니
소워 이루소서
하늘에서 땅에서 잘 지내시구려

분리수거하는 날

아직 이른 새벽
밖이 시끄럽다
아파트 창문 사이로 아래를 내려다본다
묵직한 장비에 검은 장정들의 움직임

커다랗고 찌그러진 리무진 차에
고통 사랑 추억 모두가 엉클어진 채
쓸모없는 잡것이 되어
와자작 끼익 덥석 물리고 내동댕이쳐
겹겹이 눌리고 쌓여 숨이 막힌다

팔자에 따라 나름대로 뒹굴다가
끼리끼리 낯설게 만났지만
살아온 이야기도 채 못 나누고
한밤을 노숙하고 미명에 떠난다

멍하니 바라본다
그 자리는 다시 말끔해지고

또 같은 일이 반복되겠지
껍데기는 떠나가도
영혼은 제자리를 맴돌며 남는데
버리고 분리되어 실려가는 나의 날은

복면가왕을 보고

어설픈 능력을 뛰어넘어
욕망을 이루기 위해
현실의 자신을 벗어 던지고
복면의 인물이 되어 간다

복면에 숨겨 실컷 해방감을 맛보니
진실된 자신의 모습을 발견할 수 있었다네
복면을 벗으니
사람들은 환호한다
너무 잘해서 아님 너무 못해서
너도 나도 알 수 없는 일

과거에 보여진 본인의 모습
머리 화장 어리숙한 행동과 목소리
민낯은 모두 꾸밈이었나
세상은 온통 가식의 인간들
착각 속에 사는 것인지

모두가 평소에 복면을 하고 산다면
늘 진실만 보여줄 수 있을까
도둑은 왜 복면을 할까
알아도 모른 척, 몰라도 아는 척
멋쩍게 복면을 써본다

채찍 없는 팽이

내 몸이 가만히 있으니
해가 돌고
달이 돌고
지구가 돈다
고요히 정지 상태
모든 것이 정상이다

해도 달도 지구도 가만히 있는데
이제 네가 도니
세상이 어지럽고
정말 웃기는구나
어느 게 돌아야 맞는 것인지
아리송한 일

그런데 문제는 네가 도니까
무척 재미있다는 것
옆에서 잘 돈다고 박수도 쳐 주네
그래서 위에서부터 막 돌아가나 보다

까짓것 돌고돌고 또 돌아라

막 돌아라 빙글뱅글

채찍 없는 팽이가 날뛰는 세상

손선희

2010년 교육공무원 명예퇴임
죽전시문학회 회원

구월의 단상

옥상 텃밭에 씨 맺힌 야채들을 본다
언제까지나 먹거리를 제공할 듯 푸르름을 자랑하더니
이제는 꽃이 피고 씨앗이 생겼다.
그렇지
너도 한 때에 머물 순 없었던 게지
자손을 이어가고 싶었을 테지

찌는 듯한 더위도 물러설 것 같지 않더니
입추가 지나니 하루가 다르다
그래
더위에 지쳐 덥다덥다 하는 동안에도
지구는 돌고 있었던 게야

건강이 삐걱거리자 이젠 운동 좀 해야겠다
마음먹고 뒷산에 오르니
발목이 시큰거려 걷기가 불편하다
그렇지
팔팔하던 건강이 언제까지나 지속될 줄 알았는데

무심했던 그 순간에도
내 고향 초강의 여울에서는
꼬리 물고 물이 흐르고 있었던 게야

바톤 터치

연노랑 작은 초롱꽃 봄소식 가득 담고
눈보라도 채 가시기전 전령이 왔다
봄이다! 외치는 저 소리는 산수유 소리였네
잎도 피기 전 꽃 먼저 밝힌 것이 마음이 급했구나

초롱불 스러지니
작고 노란 갈래꽃 줄 세워 주렁주렁
벌 나비 날아드니 기분 좋아 흔들흔들
봄꽃의 대명사 개나리 피었다
비옥한 옥토보다 자갈밭이 더 좋은
어려움 딛고 살던 아가씨의 전설대로
그래서 꽃말도 희망인가 보다

노랑빛에 취해 그만 어질어질 지각을 하였다고
연분홍 진달래 수줍게 인사하네
은근과 끈기로 온 산야 물들이니
오래된 추억 하나 툭 치고 날아든다

시간

음식을 데우려
전자렌지 앞에 섰다

59, 58, 57…
1분이란 시간이 꽤나 길다

분, 초가 모여 시간이 되고
시간이 모여 날이 될 터

1년도 길지만
10년은 한~~ 참 길어야 하고
50년은 엄청나게 더 길어야 하는 거

단위가 길어질수록 반비례하는 거
그거 시간이란 반칙이다

시상詩想

반짝 스치는 생각
얼른 붙들어서
살을 붙이고 다듬어
알토란 시편 만들어야 하는데

또 놓쳤다

그만 날 보고
숨어버렸나

어떤 위로

사자 앞에 휙 던져지는 살아 있는 닭 한 마리
땅에 떨어지기 무섭게 덥석 무는 사자

몇 달이 지난 지금에도 잊혀지지 않는 TV 장면 하나

생사가 갈리는
그 무섭고도 참혹한 사건이 순간이란 것에
위로를 해야 하나?

동물학대의 논란에도 끼지 못하는 생명들에겐
본능만 있을 뿐 감정 따윈 없는 것인가
그 무슨 특혜라도 주셨을까

만물을 다스리는 힘을 가진 인간들만
느끼는 고통이었으면 좋겠어

옥상의 앵두나무

주렁주렁 열릴 앵두를 그리며
올봄 제법 자란 앵두나무 한 그루 사서 커다란 화분에 심었다

처음엔 정성껏 물도 주고 거름도 주고 했는데
점차 관심 밖으로 사라졌다.

어느 날 보니
잎들이
새빨간 얼굴로
나를 향해 눈을 흘기고 원망을 퍼붓고 있더구만

얼른 물뿌리개로 물을 흠뻑 주었더니
다시 생기를 찾고 한숨을 돌리더군

그러기를 여러 번

나중에사 앵두나무가 말하더라고~~

"나는 앵두 안 줘요!!!"

이별

'이별'을 주제로 진행된
토요일 아침 시니어 생생 토크 쇼

첫사랑과의 달콤하고 아련한 이별 얘기
사랑하던 배우자와의 가슴 아픈 이별 얘기도 있었지만
부모님과의 이별 얘기는
말하는 이 듣는 이 모두가 눈물바다

그래
그럴 거야
누구나 부모님께 완벽히 효도하고
보내드리는 사람은 없을 거야

누구나 가슴 한켠 차마 말하지 못하는
묵직한 돌 하나
눌러두고 사는 것일 게야
그냥 안 그런 척 살고 있는 것일 게야

이기려다가

오늘은 내가 제일 많이 주워야지
그러자면 친구들보다 먼저 일어나 감나무 밑에 가야 한다

삼라만상이 잠든 밤
개도 짖지 않았다
초가을 추위에 달님도 오슬오슬
하얀 입김만 내쉴 뿐
움직이는 내 그림자를 알지 못했나 보다

종종걸음으로 동네를 가로질러
집 그림자 길게 누운 고샅길을 지나고
언덕배기 고모네집 뒤를 돌아서
키 자란 콩밭을 막 들어설 그때

후다닥닥~~~
콩밭 속에서 송아지만한 짐승이 산을 향해 내달았다

오~마이~갓

커다란 검은 손이 내 어깨를 잡아당기는 듯
집을 향해 돌아오는 길은 제자리걸음을 하는 듯했던

알 수 없는 소문들이 흉흉하던 시절
친구를 이기려다가
내 옷가지만 발견될 뻔했으니
어휴~~~
콩밭에서…

자화상

– 뻔뻔한 도리질

대학입시 전날 밤
고향마을 어귀에 환한 불이 켜지더라는 꿈을 꾸신 할아버지께
용돈 한 번 제대로 드리지 못한 철없는 손녀딸

자애롭기보다는 성적 올리기에만 열정을 쏟았던
젊은 날의 무지한 교사

가정보다는 직장의 임무가 더 우선이어서 늘 외롭게 지냈을
우리 아이들의 함량미달 엄마

맥박이 점점 떨어지는 것을 보면서도
그것이 무엇을 의미하는지 몰라
임종도 지키지 못한 죄인인 딸

또

·

·

하루에 200번씩 도리질하면 두통에 좋다네요

뻔뻔한 도리질

지금 안 것을 그때도 알았더라면…*

      *미국의 킴벌리 커버기 시인의 시에서 인용

편두통

한 쪽 관자놀이에 감지되는
짜릿한 통증
가슴이 덜컥 긴장한다

'약을 먹을까?'
'좀 참아볼까?'

신이 난 듯 점점 기승을 부리는 통증

1년 내내 약을 모르고 사는
건강한 친구가 부럽지만

도공이 도자기를 만들든
개밥그릇을 만들든
무슨 참견이냐고
나는 왜 개밥그릇이 되었느냐고
항의할 수 없듯

나는 두통쟁이지만
항의할 수 없다네
내가 도공이 아닌 이상

손정숙

『국제문예』 등단
국제문인협회 회원
죽전시문학회 회원

풀꽃 사랑

실바람에 흥거운 풀꽃
싱그러운 향기 달아날까 봐
하늘하늘 마음 조아리네

재롱떨며 눈길 끄는 모습
들릴 듯 말 듯 속삭이는 노래
시샘하는 보슬비
사뿐 내려앉고

구름 비껴가는 날이면
포근하게 웃음 짓는 별님
정겨운 이야기 풀어 놓네

내 마음에 피어나는 수줍은 너
꼭 껴안고 살며시 입 맞추려다
금세 두 볼 빨개지는
풀꽃 사랑

꿈을 향해

꽃 타령 내려놓은 아줌마
까만 비닐봉지에 콩나물 담아
앞만 보고 달렸네

어느 날
멍 때려 허공을 바라보다
잠자던 꿈이 되살아났지

시 한 줄 끄적이다
깊은 잠에 들었네

일어나라 어서 일어나라
너의 꿈을 찾아 뛰어라

어쭙잖은 표현이라도
시의 혼을 깨워 세워라

누군가의 품에 안겨
사랑 받는 그 날까지

나에게 축배를

지난 세월
몸 사리지 않고
이리 저리 부대끼다
그만
나를 잃었다

문득 돌아본 나

멋진 옷 입고
맛집 찾아 떠나고
하늘을 날아 지구촌 기웃기웃
눈요기도 실컷

내 앞에 펼쳐지는
소중한 시간들

세월 낚시꾼 되어
꿈, 기쁨, 행복…

그물망 화려하게 담아보자

활력을 불어넣자
듬뿍
나에게 건배!!

지금은

아련히 떠오르네

어두운 그림자 드리워져
방향 잃은 나침반
몸부림치며 돌린
세월 바퀴

쓰디 쓴 약도
혀 끝 달콤함으로
지긋이 삼키며
맛보는 이 행복

내 안의
모든 것을
사랑하라는 명령
지금 이 순간

오미자 사는 맛

오미자만 아는 속내

뜻 이룰 때 단맛
영원할 듯하지만

밀려오는 맵고 쓴맛
가시밭 길 헤매일 땐
젖 먹던 힘 끄집어내
하늘 향해 소리친다

가까스로 다가온 가느란 빛
알고 보니 또 다른 언덕
신맛일 줄이야
두 눈 찔끔 감는다

내리막길 걸으며 솟아나는 맛
고운 소금 짠맛 더하니
오미자 다섯 가지 맛
사는 일도 닮은 꼴

6월을 보내며

벌써 한 해 허리 이르고
때 이른 더위 줄달음치네

새해 소망 풀지 못한 실타래
허둥대다 지나간 시간들
아쉬움만 가득

불덩이 인 6월
한증막 깔딱고개 넘어야 할 터

축 처진 잎새
널브러진 마음

주문 읊어 하늘 문 두드리고
소나기 한 줄금 기다린다

푸념한들 무엇하리
어차피 끌어안아

한껏 즐기다 보면

숨어 있던 가을도 고개 들어
찾아 올 것을

그리운 아버지

- 2017년 기일에

저 하늘 별이 되어
아홉 봉오리 내려다 보시는 아버지

자식 사랑 손발 트도록
텃밭 일구고 겸연쩍게 웃으시며
일상 시름 잊으셨지요

나라 잃은 슬픔 모진 세월 겪으시고
오직 어린이 교육에 열정 쏟으며
평생 교단에 몸 바치셨어요

부귀초교* 교장 첫 발령 받고
10살인 저를 엄마 대신 데려가
손수 밥 지으시며 18번 노래
'아~ 신라의 밤이여' 구성지게 불러
향수를 달래시던 아버지

서울 유학길 오른 딸 못 미더워

'健康第一 初志貫徹'
친필親筆 건네시며
앞마당 서성였지요

아, 이제야 깨닫습니다
아버지의 넓은 품이
사무치게 그립습니다
오늘 따라 더 보고 싶은
나의 아버지!

*부귀초교 : 전북 진안에 있음

내과 최세호 원장님

웃으며 반갑게 맞아주신다

줄지어 기다리는 환자들의 이야기
끝까지 다 들어주시고
또박또박 설명하며
궁금한 점 없냐고 물으신다

위, 대장 내시경도
곰살갑고 부드럽게

언제나 한결같은 진료
몸을 맡겨도 편안하고
안심이 된다

세월의 흐름 속에 여기저기
아플 수밖에 없는 몸

운동과 섭생

몸 관리 맡기고

날마다 건강하고 행복하게
원장님과 함께 걸어가련다

점봉산 야생화

신선이 머물다 간 강선계곡
굽이굽이 흥얼대는 음악 영혼을 깨우고
원시림 수풀 사이 핀 알록달록 야생화

발길 붙드는 개별초* 노루귀*
하이얀 속살 보이며 웃고
홀아비 바람꽃* 옹기종기 속삭이네

보라색 보물주머니 층층으로 매단 현호색*
플라멩고 춤추며 눈을 사로잡는 얼레지*
노오란 동의나물* 독을 품고 숨어 있다

주름치마 자랑하는 멋진 박새*
노랑제비꽃* 봐달라고 칭얼대고

천상의 화원 곰배령
높이 앉아 꿈꾸며 여름을 기다리네

탁 트인 시야에 백두대간 들어오고
대청봉 우뚝 솟은 모습에 가슴이 뛴다

자연의 거울에 비친 수많은 야생화
하늘 아래 천국을 이룬 곳
눈보라 비바람도 비켜 선 자리
저마다 뽐내며 하모니를 연출하네

점봉산**의 화려한 외모
귀티가 줄줄 나고

유네스코에 이름 오른
한반도의 소중한 자산
너도 나도 가꾸고 지켜야 하네

*야생화 이름
**점봉산 : 강원도 인제에 있는 높이 1424m 산으로 유네스코가 지정한 생태계 보존지역

가을 향기

은행알 바스러진 비릿한 내음
발 밑 뒹구는 샛노란 잎새에
가을이 얹혀 있고

불타는 단풍
탐스럽게 익은 과일
흩날리는 은발의 억새
가을을 끌어안는다

풀벌레 소리에
그리움이 솟구치고
우르르 날으는 잠자리
푸른 숨결 실어 나르네

들국화 뿜는 향기 어지러워
고개 드는 가을
무르익는 온갖 내음에
하루해가 짧기만 해

송정제

죽전시문학회 회원
『시와 수필』 회원

기다림이 있다는 것

겨울방학 마치고 기숙사로
돌아간 외동 손녀

문자편지 보내놓고 핸드폰
볼 때마다 답전 기다렸는데
한 주일 후, 기다리던 이름
보름달처럼 떴다

너무 반가워 얼른 열어 봤더니
"네" 하는 글자뿐, 혹시 끊어진 것
아닌가 몇 번씩 되돌렸으나 더 없었다

글자 한자 속을 물끄러미 바라보며
의미를 찾아 소통은 되었으나
미흡한 마음 가셔지지 않았다

그래도 기다림이 있다는 것은

줄서기 세태

길게 이어진 노인들의 줄서기
눈 덮인 노고단에 해오름 구경 가는 것도
설날에 고향 가는 열차표 사는 것도 아니다

인천 남구의 노인 개발센터에 늘어선
등 굽고 움츠린 구직자들의 긴 행렬

열흘 일하고 일당 5만원 벌이
임시직 자리 경쟁이란다

별 보고 나갔다가 별 보고 돌아오는
힘겨웠던 시대 살아온 주인공들

은퇴하니 연금도 일감도 없어
용돈 벌겠다는 쓸쓸한 기다림

고령화 사회의 빛과 그림자
언제까지 줄서 기다려야 하는가

겨울꽃

양지바른 아파트 베란다에
사계절 꽃피는 정원이 있다

입동날 맞춰 시크라멘 화분들
가림벽 위에 나란히 줄지어
새로 입주했다고 손 흔든다

여름 한철 피던 채송화는
제 할 일 끝내자 비켜서고
새로운 꽃대 아래 작은 봉오리들

어린 아이 엄마 손잡듯 솟아올라
꽃필 차례 기다리는 것 귀엽구나

내년 봄 제라늄으로 바뀔 때까지
창 앞은 내 차지라고 겨울 꽃은
어깨를 으쓱대며 싱글벙글

더불어 사는 일

까치밥이라고 까치만 독식하지 않는다

아파트 단지의 감나무 두 그루는 반시서
홍시로 익어갈 무렵 참새 종달이 세 가족
사이좋게 더불어 살아간다

참새 무리가 홍시를 파먹고 있으면
깡충깡충 긴 꼬리 흔드는 종달새가

덥썩 가지를 차지하고 날카로운 부리로
게살 파먹듯 허기진 배 채운다

상수리나무 꼭대기에 집 짓던 까치도
독수리처럼 날아와 설거지하는데
사람 사는 세상은 갑질 타령 여전하네

차창 사이로

한가위 둥근달 따라
아들집으로 역귀성한
어머니

먼저 떠난 사람 다시 만나
애틋한 그리움 전하고
천국소식 자손들과 함께한다

되돌아가는 홀어머니
고속버스 터미널서 손녀사랑
잊지 못해 버스 차창에
손나팔 만들어 사랑을 전하네

아빠 손에 번쩍 올려진 손녀
고사리 같은 두 손 하트 만들어
답장을 건넨다

해외로 나간 사람 이백만 명

고속도로 통행료도 공짜인
추석명절

더 많은 사람 함께 누리는
명절 징조이기를

풋감

잎새 사이로 몸 숨기고 영글어가던
풋감 하나, 가을 눈앞에 두고
툭, 소리내며 맨땅에 뒹군다

제 몸 키워낸 나무에서
오래 오래 사랑받고 싶었는데
왜, 콕 찍어 내치느냐고

눈물 글썽이며 고래고래 외치며
블랙리스트 누가 만들었느냐고
항변한다

지켜보던 감나무
어차피 네가 갈 때였다며
떨어진 것 애처로이 바라본다

초여름 다투어 피던 감꽃
가지 부러질세라 사정없이 떨어트리는
풋감 신세는 되지 말아야지

빗방울

대롱대롱 은구슬 재롱부리나
목 타게 기다리는 땅 외면한 채
높다란 하늘 구름 타고 바둥거리네

손 놓으면 탈 없이 사뿐히 내릴 텐데
머뭇거리다 햇살 바람에 증발되어
소리 없이 사라지는 신세 된다

언제라도 무거운 짐 내려놓겠다며
큰 소리 치다 조롱거리 되는 손길
두 주먹 움켜잡고 펴지 못하네

무엇이 그리 어려운가
스스로 내려놓지 못하는 그 속내
빗방울보다 못한 그, 탐욕 덩어리

능선

너 없이는 산에 오를 수 없다
정상에도 이를 수 없다

네 등허리 타고 대청봉 올라
동서남북 굽어본다

아래로 굽이쳐 흐르는 강줄기
철조망 능선이 동서로 놓여 있구나

순식간에 산은 눈속에 파묻히고
석양 노을은 먹구름이 덮어 버린다

태백과 소백은 북에서 남으로
힘차게 뻗어내리는데

슬프구나, 금수강산 등허리
녹슨 사슬 끊일 날 언제인가

허공을 향해 아리랑을 부르며
날리는 눈바람에 너를 끌어안는다

실개천

실개천은 자랑을 먹고 산다
강의 뿌리이고 모세혈관의 시작
계곡의 물이 흘러 개울이 되고
샛강이 불어 전기도 만든다면서

가느다란 몸집 굽이치지 않아도
웅덩이도 만들고 뭇 생명 키우며
바다로 가는 기쁨 안고 흘러간다

비 오면 넘치고 가뭄에는 목마르지만
미꾸라지 놀다가 하늘로 올라가는
용龍의 사다리라고 으쓱거린다

그리움 · 2

그리움은 외마디 소리
수평선 바라보며 목놓아

외치지만, 절벽에 부딪쳐 파도에
휩쓸려 물거품으로 변하네

그리움은 부쳐도 답장 없는 편지
등기 속달, 당일 급송도 감감 무소식

그리움은 돌아올 줄 모르는
짝사랑인가, 대면 전화 걸어도 침묵뿐

답답하구나 살아생전 할머니 음성
안개속에 길을 잃은 메아리인가

빚 갚는 날에

돈이 쓰레기 되어 전쟁터로 실려간다
한때 같이 살던 소중한 것들, 역할 끝나자
헌 신짝처럼 갖다 버린다

매주 한 번 버리는 허접한 쓰레기들
밥값이나 해야지, 빚 갚는 마음으로
분리수거 자원봉사 나선다

가벼운 마음으로 현관 나서지만
공터에 버려진 물건들 다시
빈 광주리에 주워담는 나를 본다

쓰지도 않으면서 못 버리는 허욕
언젠가는 나도 버려질지 모르는데
빚 갚는 날에 욕심은 금물이라 타이른다

갈림길

추운 겨울 새벽녘, 서울역 가는 리무진버스가
숨 헐떡이며 신호등 막혀 섰을 때
반대편에 마지막 길손 태운 캐드락도 멈춰섰다

좁쌀만한 하얀 점 하나,
목성에서 찍은 지구별에 살던 사람

사랑도 미움도 부귀도 가난도
모두 내려놓고 빈 몸으로 누웠네

신호등 바뀌자 오르막 내리막길
쏜살같이 스치며 지나간다

유명을 달리한 순간의 인연이
생과 사의 경계를 보여주는 것 같구나

코스모스의 추억

신이 세상에서 제일 먼저
만든 꽃, 가을의 상징 코스모스
50년 전 북한산 중턱에 피었던

너는 신문지 두루말이에 싸여
콩나물 시루같은 버스에 흔들리며
그려준 지도 따라 찾아왔었지

꽃잎 다치고 꽃대 꺾일까 봐
어린애처럼 껴안겨 온 너는
꽃병 아닌 질그릇 단지에 담겼지

가슴으로 전해지는 침묵 공간
말없이 통역해 사랑을 가꾸고
사랑탑 세운 동행자 아닌가

계절의 코스모스 해마다 피고 져도

내 가슴에 꽃을 피워낸 너는

살아있는 사랑의 화신化身

오정림

천안 연암대 조경과 졸업
국립산림과학원 근무
죽전시문학회 회원

고장난 렌즈

시집갈 처녀 수놓은
가을 하늘

새색시 꽃가마 꾸미는
나무잎새

오색 단풍 곁에 폼 잡는 내 친구
환한 미소 예쁘게 담아주고 싶은데

햇빛이 내 눈 감기고
바람이 눈물 부르네

햇빛과 눈싸움
바람과 실랑이해 봐도

눈가에 고인 눈물 화장 지우니
내 눈도 낙엽 닮아가는가

까만 기쩍국

바닷물 떠난 자리
내 눈에 바닷물 흘러내리네

갯벌 흙 떼어내고
빼꼼 빼꼼 기어나와
가신 엄니 생각 풀어 놓는다

하늘 가시기 전 울 엄마
물때 맞춰
무릎까지 찬 갯벌 뒤지시어

땀 한 바구니 화랑기
돌절구에서 한나절
어깨 시리게 갈고 갈아

몇 밤 새워 오묘한 맛
보리밥에 쓱쓱 비벼 먹던
내 그 맛 찾아 헤매도

그리움만 밀려오는 까만 기쩍국

비의 오케스트라

오신다 기다리던 님
가뭄에 단비 악보 들고
풀잎 부벼 막을 연다
전깃줄 가스연통 흔들고
톡 톡 여린 소리 유리창에 깐다

난타로 2장 시작한다
놀이터 미끄럼틀 두드리고
희뿌연 시멘트길 도, 미, 솔
자드락비 자동차에 강렬함 때리고
번개 은빛 조명 연출한다

3장이 이어진다
천둥연주 장엄한 클라이맥스
지붕 터져라 고음 퉁기고
대지 물줄기 흔들어
철 철 철 물 담아 도랑이 흐른다

마지막 장 오른다
빗물에 비 없는 낮은 음
목련 잎에 은방울 탱그랑 탱그랑
안개 이슬 회색 천 막 내린다
대지 적시는 함성 비의 오케스트라

수건

온몸 은밀한 비밀
묵묵히 간직하고
물방울 삼키여
마음도 꿰뚫은 너

탱탱한 탄력 촘촘한 짜임새
뒤틀리고 으스러져도
오로지 주인에 충성
한때는 몸종이었는데

덧없는 세월에
낡았다는 이유로
살림살이 먼지 닦고
발걸레로 쓰이더니

이젠 밖으로 내몰리어
온갖 오물 닦아내며
지난날의 사랑도 미련도 없이
쓰레기 더미에 내쳐지는구나

어느 노래 가사처럼

실바람에도 설레던 젊음은 가고
몸도 마음도 익어 가는데
나뭇잎 어루만져 단풍 빚은
가을바람에 내 마음 물결 인다

학습돼 살아온 삶에
뛰는 가슴 누르며
붉은 꽃 한 번 피우지 못했는데

어느 가수 흐드러진 노랫말
연애는 필수 결혼은 선택
가슴 뛰는 대로 가면 된단다

나이는 숫자 마음은 진짜
한 번의 인생이라 외치는데
노래 핑계 삼아
나이를 잊어 볼까나

시인은

하얀 백지 위 마음 올려
읽는 이 설레임 흔들고
때론 매서운 회초리 되어
풀어진 가슴 숨 쪼이게 한다

시인은
불을 지피는 쏘시개
힘차게 떨어지는 물줄기
어둠 밝히는 빛의 발전소

태산을 조약돌이라 우기고
하늘을 밟아 날아다니고
땅을 하늘에 뒤집어 씌워도
죄가 되지 않는 이상한 시 세계

상상의 날개 수 없이 달고
하늘 날으는 새
알 수 없는 표현도

갸우뚱 고개로 잘 넘어간다

전선 타고 흐르는 전류
무엇을 어디에 어떻게
읽는 이 가슴 불 지피고
사그러 재가 되기도…

어부집 아침

날갯짓 퍼득퍼득
적막 깨뜨리는 수탉소리
하늘 울리고 바다에 파도 인다

고고하게 일어서는 일출
벌건 바다 머리에 이고 와
돌담길 틈새에
조각조각 나눠준다

꼼지락 꼼지락 자리 턴 어부
하루 문 열고
그물 꺼내 배에 싣고
멍석 펴고 멸치 넌다

얼기설기 엮은
대나무 문 틈새
하얀 햇살 내밀면

구수한 된장찌개

하루 힘 채워 넣고

바다 향해 잰 걸음 뗀다

외로운 커피잔

아침커피 하루 행복 예감
찬장 꼭대기에서 절 기억하나요 한다
핑크 꿈 담았던 앙증맞은 찻잔

새삼 추억의 잔을 꺼내
커피색처럼 어둡게 묻어둔 날들
그윽한 향으로 불러내 본다

너는 지난날 따뜻한 연인 되어
내 입술을 포개고
나는 행복에 젖었었지

찻잔도 유행 따라 사치 따라
머그잔으로 바뀌었다
예쁘고 손색없어도

오늘은 세월에 밀려
커다란 잔 뒤에서 외로웠을
작고 예쁜 너에게도 입맞춤해 주마

이런 날엔

보슬보슬 가을비가 아침을 엽니다
이런 날엔
사랑하는 님과
잔잔한 음악에 빗소리 올리고

너울너울 물안개 피는 강길 돌다
허름한 찻집 통나무 의자에 앉아
톰방톰방 뛰어내려 오느라 숨가쁜

고달프고 외로웠기에 강물 되어
물결 춤추며 부른
비의 아름다운
노래를 듣고 싶다

이천 호국원

하얀 항아리
머무는 슬픈 구름
떠나지 못하네

부모 형제 나라 위해
총탄 넘고 파편 넘어
젊은 피 끓이더니

이젠 외로운 넋이 되어
지난 아픈 추억 떠올리며
태극기 휘날리는 이곳

사람이 많다
행렬 이룬 더딘 발걸음
한때 슬픔으로 목놓았던 이들

님을 보내고
부모님 손 놓을 수 없었던

그 슬픔도 바람에 날리고

오는 이 가는 이 산책하듯이
잠깐의 시간 머물다 가는
망각의 동산 호국원

카페의 우정

남사녀의 집 정원에 겨울눈 살포시 내렸다 간다네

당신이 갖고 있는 또 하나의 열정을 사랑합니다
아무것도 남겨지지 않을 것 같은 불안의 조바심 속에서도
당신은 새로운 꿈을 심어 가꾸고 있잖아요

이젠 당신의 정원에 놀러 와도 때론 함부로 어질러놓아도
또 내일 찾는다면 당신은 내게 잘 볶아낸 커피 한잔
예쁜 접시 위에 담아내어 줄 것을 나는 믿어요

추운 겨울 하얀 눈발처럼 당신의 정원에 내렸다 갑니다

카페의 우정 답글
뚜벅이 나무쟁이 수줍게 정원을 꾸며 본다오
눈처럼 찾아와 태풍처럼 어질러 놓고 간 흔적도
봄의 새싹에 노루처럼 휘젓다 간 흔적도 사랑하리오

어설픈 손질에도 흐뭇한 미소로 안아줄 너

폭우의 흠집도 조용히 흙 덮고 갈 너이기에
허물어진 담장도 부서진 문도 다 내게 보이니

세상사 무겁거든 어린 시절 그립거든
언제든 발자국 남겨주길 바란다오

팔자

태어날 때 가진다는 팔자
어쩔 수 없는 운명이라면

먹구름 마음 속 하늘에
하얀 구름 띄우고
한숨소리 콧노래로 즐겨보려네

야속한 임
그래도 당신 있어 열매 얻고
효자 삼형제
든든함 있어 좋으려네

명품 문화생활 내게 없어도
장날 품바타령 배 터져라 웃고
콩물 한 사발
고깃국보다 맛나려네

풀벌레소리에 지긋이 눈감으며

한평생

나 행복하려네

통나무 장작

한 그루 나무로 꽃피고 종자 내린
한 가득 채운 무게 내리고
통나무 장작 되어

불 지피는 손길 따라
연기 피우고
뽀스락 바스락
잘 태우기도 하겠지

활활 뜨겁게 태운 사랑
사그러 그대 곁 떠나도
벌건 숯불에 군고구마
행복해 하는 이도 있겠지

통나무 한줌 재 되면
수고했노라 소중히 쓸어
금싸라기 뙈기 밭에
뿌리는 이도 있겠지

이경숙

교육공무원 정년 퇴임
『한국현대시문학』 등단
죽전시문학 회원
용인문인협회 회원

이제는
즐겨야 하리
올 테면 오라
내 안에 거인
오지랖
직거래 장터
곳곳이 친구들
산수국
석성산에 올라
용인 문수산 법륜사
조비산에 오르다
용인 선유대

이제는

뭐라도 잘라내야겠어
내 안을 쓰다듬으며
속살로 들어가야 해

천 갈래 만 갈래 찢겨
정수리에 떨어지는 물줄기
그악스럽게 움켜쥔 손
이제는 놓아버리고 싶어

조바심치는 마음
바람에 날리고
다시 한 번 휘파람 불어 젖히자

들녘은 벌써
찔레꽃 하얗게 피어난
숨 막히는 오월이잖아.

즐겨야 하리

벽 앞에 서 있는 너
순순히
어둠의 문턱으로 들어서면 안돼

연분홍색 메꽃도
억새 기어오르며
대찬 바람 즐기고
당당하게 피어나잖아

견디는 자만이
이길 수 있어
불볕더위면 불볕 그대로
오늘을 즐겨야 하리

풀숲은 온종일 술렁거리고
몇 날 며칠 쏟아지는 억수비
갈 것 같지 않던 여름도 가고
어느새 머리 위엔 가을 하늘 반기더라.

올 테면 오라

하늘이 구멍 난 듯 장맛비 쏟아지고
개울물 휘몰아쳐 흐르네
습기 품은 풀숲엔
우쑥우쑥 풀 커나는 소리

개망초꽃
안개처럼 하얗게 들판을 덮고
회색 하늘 저 멀리
갈까마귀 떼 목이 쉬도록
울어 젖히네

축축하게 젖은 의자
바싹 마를 때 기다리고
철 이른
고추잠자리 대여섯
머리 위를 맴돌고 있네

눅눅한 장마 지나고도

푹푹 삶는 불볕더위

아쉬울 것도 두려울 것도 없다

올 테면 오라.

내 안에 거인

내 안에 거인이 산다네
시를 향한 솟구치는 열정
불끈 주먹 쥐고 웅크리고
꿈을 엮는 멋진 시 쓸 수 있을 거야

오늘은
잠들어 쉬시는지
일어날 기미를 보이지 않네
섣불리 흔들다 아주 멀리 튀어
보이지 않는 곳으로 달아날지도 몰라

아—
거기 있을까 잠들지는 않았을까
흔적도 없이 사라져 버린 건 아닐까
내 안에 있는 거인 다시 보고 싶네요

가끔은 땡볕에 앉아
묵은 책장 넘기고

절름거리며 훑어보는 거야
백리 길도 천리 길도 살같이 달려가던
내 안에 있는 거인이여.

오지랖

하루에 몇 번씩 오가는 골목길
정육점은 망하고 빵집도 없어진 상가
세탁소가 떡하니 버티고 있네
치익 떨거덕
무거운 다리미 들었다 놨다
오늘은 일감이 있기는 한가
슬그머니 안심되는 알 수 없는 속마음

오토바이 손잡이에 걸친
정갈한 가을 잠바 하나
싸늘한 바람에 날려
배달을 기다리네
잽싸게 달려갈 작은 꿈 대롱대롱 매달려 있네

의자 끝에 나앉은
스산한 저 주인장 얼굴
또 문 닫을까 걱정되는 오지랖
모두가 잘 되기를 바라는 내 마음
알기나 할까

직거래 장터

쿵작쿵작 노랫소리 흥겹고
바글바글 사람들 부딪힘
허리띠 질끈 동여맨 아줌마 고함소리 정겹다

늘어선 긴 줄 차례 기다려
공짜로 받는 햅쌀 한 봉지
너 나 할 것 없이 함박웃음

연어살은 붉게 빛나고
동태는 흰 살 드러내 눈길 끌지만
후쿠시마 원전 밸브는 여전히 열려 있어
한참을 들여다보다 발길 돌리는 사람들

올해 추석 상엔
아예
동태전이 없을라

그래도 송편 빚고 차례 지내야 하니
직거래 장터는 아직도 와글와글.

공곳이 친구들

여보세요 콜택시죠
거제 콘도 앞으로 와주세요.
어디 가시는데요
아 갑자기 머릿속이 하얘지네요.

세 글자인데
'공' 자가 들어가는데요.
'공 공 공 공……'
옆에 있던 친구가 냉큼
'고' 자도 들어가요
'아, 예 공곳이네요'
'공곳이 갑시다'

단어가 자주 생각 안 나는 나이
쌀쌀맞은 가을 공기
거제 8경 구경 다닐 수 있어 좋아
함께 늙어 여행할 수 있는
곰삭은 친구들아, 고마워.

산수국

청보랏빛
꽃망울 주머니 터트리고
소복하게 내민
가녀린 수술
족두리 장식되어 파르르 떠네

수 없는 꽃대 품어 안은
정갈한 모습
연보랏빛 꽃 이파리
초여름 비 맞으며 흔들거리네

네가 그리운
바람 부는 날
화사한 산수국 소롯이 피어나고
아픈 기억 하나
만지고 가네.

석성산에 올라

용인 멱조고개 석성산
햇빛 가리는 양산 닮아 보개산이라지
사람들 발걸음 드물고
뜨거운 햇살만 가득하네

옛부터 물푸레나무 무성하고
물이 많이 흘러
청덕리 물푸레골이라 불렸네
가뭄 때 기우제 지내던 터만 남아
고압선 철탑 아래 칡넝쿨만 무성하네

마고 선녀 할미는 능선 따라
하룻밤에 성을 쌓고
신라 땅 고스란히 지켜냈는데
큰 바윗돌 여럿, 흔적 남기고
싱그러운 나뭇잎 향기 산등성을 감도네

소나무 숲 지나 참나무 옹기종기

부아산과 광교산 더불어
용인 3대 명산이라 명불허전
눈이 부시다. 성 밑까지 오름길 아늑하네.

용인 문수산 법륜사

문수산 품에 안긴 고요한 비구니 가람
우람한 청기와 대웅전 기둥
보라와 초록 단청 절묘해
바래지 않은 화려한 색깔 눈부시고

봄 햇살 반짝이는 부처님 눈길
꽁꽁 언 연못 위로 부는 바람
스님들 티 없이 맑은 그림자
널따란 마당 가득 채우네

청룡이 하늘로 솟아
푸른 물 뿜어낸 자리 용수각 샘물
한 모금에 근심 걱정 덜어내고
은은한 범종소리 자욱할 때
열반으로 들어가는 마음 문이 열리네

조비산에 오르다

새가 나는 모습 조비산
그 옛날
한양을 등진 기이한 형상이라
역적산이라 불렸네

용인 백암 넓은 들판
홀연히 한 봉우리 솟아
조천사 법당 지나 오솔길 접어드니
가파른 오름길
숨이 턱턱 막히다가도
금세
발아래로 용인 비경 펼쳐놓네

밧줄 타고 내려오는
바위 틈새
오싹한 절벽 길 새롭고
달콤한 초여름
아름드리 밤나무는 푸르름 짙어가고
울어대는 뻐꾸기소리 귀를 적시네

용인 선유대

나이 들어 의지하는
명아주 지팡이
청려장青藜杖* 짚고
님들과 어울려 풍류 즐긴 선유대

실개천 굽이돌아 쉬어가는 곳
작은 바위 위에 정자 세워
황금빛 벼 자란 들판 바라보며
시를 읊고
술잔을 기울였지

가인암可人嵓 풍월주인風月主人
선유대 바위에 새겨 놓고
'청산리 벽계수야'
덩더쿵 쿵덕
시조 가락 읊조리던 작은 연못엔
신선들의 그림자 어리어 있네

*청려장 : 장수하는 노인들이
지니던 가벼운 명아주 지팡이

임정미

죽전시문학회 회원

들녘에서
도라지꽃

들녘에서

어머니 땀방울로
자라난 벼이삭
바람에 나부끼며 영글어간다
구름을 등에 업고
살그머니 내민 낮달

너울너울 물결치는
황금 벌판 이랑마다
농부의 휘파람소리
새가 되어 날아든다

도라지꽃

땅 깊이 내린 뿌리
낮은 숨결 젖어들고
목 길쭉이 빼어문
산밭나라 문지기꽃

밭고랑 따라
하얀 별
보랏 별
바람 따라 사알짝
둘이서 만나면
눈웃음 인사다

배부른 언덕배기 햇살
석양에 물들 때면
더욱 그리워지는 그대
지금은
어느 나라 별꽃인가
신랑각시 도라지꽃

정소민

시원시창작연구원 수료
청송시인회 회원
계간 『시원』 신인상 당선
죽전시문학회 회원
동인지 다수

봄

리원은 1학년
규리는 4학년
파릇한 새싹
햇살에 눈부시네
졸졸 흐르는 물소리
탄천을 흔들어 깨우고
버들강아지 눈웃음 주네

어젯밤 빠진
리원이 아랫니 한 개
이른 아침 까치가
새 이빨 준다고 물어갔네요

규리 방에서 울려 나오는
크시코스의 우편마차*
피아노 음반 위에서
톡 톡 춤을 추네
새봄이 하얀 구름 너울 쓰고

성큼성큼 걸어오네요

규리야 리원아
봄이다 봄맞이 가자
아름다운 중앙공원으로.

*독일, 헤르마 네게 피아노 소곡(크시코스의 우편마차)

탄천에서

힘과 생기를 주는 원동력인가

죽전 체육공원 지나 둔치로 내려서면
자전거 휙휙 달리고
젊은이들 주먹 흔들며 쌩쌩 달린다

청둥오리 도란도란 물에서 놀고
할머니 잉어들에게 안녕
인사를 건네네

스피커에서 흘러나오는
구령에 맞추어 국민체조를 하고
이름 모를 새소리 상쾌한 아침
노오란 금계국 활짝 피어 웃고 있네

건강한 삶의 향기
안겨주는 죽전 체육공원 고마운 탄천이여.

보름달

할아버지 집에 모두 모두
모였습니다 사랑채 초가지붕 타고 하얗게 하얗게
웃음 터트린 박꽃들 환호 속에 떠오른 정다운
보름달아
밤하늘에 반짝이는 별들도 박수로 반갑게
맞이하는구나
아해들 도란도란 앉아서
가족 모두 정담을 나누고
휘영청 밝은 밤 서로 서로 다둑이고 안부 전하고
이렇게 살아가는 게
즐거움이 아닌가
피붙이 오랜만에 왁자지껄 사람 사는 재미
봉숭화꽃 빨간 맨드라미 노오란 달맞이꽃 더욱더
진하게 흔들고 있구나
보름달 같이 둥굴둥굴
살고 있는 우리들이라고.

꽃들 이야기

우물가 장독대 가장자리
두어줄로 나란히
색동 빛깔 동그라미로
피고 있는 채송화
서로서로 다독이는
행복한 모습
어린아이들 사랑스러워라

꽃밭에 한 무더기의 백합
하얗게 피어 날으는 향기
호랑나비 마음 흔들어
고요히 눈 감으라 하네요

물자리 옆으로 패랭이꽃
바람에 흔들리며
정답게 속삭이네
봉숭아 하얀 꽃은
다정한 어머님 얼굴

오! 해질녘 눈뜨며 방긋 웃는
달맞이꽃 분꽃은
사랑한다 사랑해
외할머님 그윽한 목소리
행복하거라 꽃들의 잔치

누에살이

달이 풀어내는 은실로
한 그루 나무가 심어준 고통
강물처럼 흐르는 눈물
해처럼 솟아오르는 희망
깃발 나부끼는 보람
침범할 수 없는 영혼의
조그마한 방
만들고 있어요
가장 아름답고 견고한 집

한 가닥 실을 감아
어둠 사루고
한 장의 어둠 쓸어내려
무한대 어둠 질러갈 맨발

밀실의 문이 열릴 때
순금의 입에서 번쩍이며
쏟아지는 금방울소리

어린 나비떼 눈을 뜨고

귀를 열어 젖히네

옛집

사십 년 전 라일락향기 속에
아이들 예쁘게 자라고 있던 집
지금 붉은 장미 피고 있을까

아름다운 나무숲 정원에는
꽃바람 머리 위에서 맴돌고
낭창낭창 가지에 앉아
아직도 그 새들 노래하고 있을까

어느 날인가
너는 큰 사랑으로 왔지
웃음 함박 가지고
무럭무럭 자란 너희들
기쁨이며 희망이었네

나의 바람 가장 바쁘고
활발하던 그때 젊어서 좋았어
까르르 웃음소리 춤추며

사랑하던 지난날
아스라한 내 영혼의 집.

시골 정경

마을 입구 고목 아래 정자
오가는 사람들 쉬어가고
동네 소문들은 왜 그리 무성한지

봄 오면 메마른 가지마다
어김없이 수액은 돌아
새싹 연둣빛으로 눈뜨고
복사꽃 살구꽃 앵두꽃
울타리 노오란 개나리
꽃내음 가득한 고샅길이 정겨워라

파란 보리밭 날아든 종달새 노래
아지랑이 햇살 받아 피어오르고
돋아난 개여울 미나리 싹 사이사이
피라미 송사리 미꾸리
고물고물 물놀이 즐기는데
할배 할매 농사일 해 지는 줄 모르고 바쁘다

젊은이 도시로 떠난 시골

빈집 혼자서

그리운 사람 기다리고 있지요.

가을 하늘 소묘

비 개인 하늘 파란 물감
풀어놓아 끝없는 수평선
구름 한 점 얼씬하지 아니 하고
새 한 마리 날지 못하네

아직 아무도 건너지 않은
깨끗한 하늘 눈부시어
창공 가르는 기원마저
고개 들어 바라볼 수 없었네

산과 들녘 울긋불긋 불타고
황금 들판 물결로 출렁이는데
떠난 사람 잊을 수 없어
속울음 머금고 하냥 서 있었네

코스모스가 그리움을 지우네
풀벌레소리가 잠들지 못하네
낡아버린 꿈 조각들이
낙엽처럼 잠드네.

초 여름밤

한 방울 이슬로 장미꽃에
앉았네 어린 별 잠자는
숨소리 잔잔하게 들리고
열려 있는 대문은
빗장 걸기를 단념했나
풀벌레 밤이 새도록
울고 있네요

깊은 밤 달빛 타고 멀고 먼
보랏빛 섬 찾아 떠난
그대는 꽃길 사이사이
나비 한 마리 찾을 길 없어
이슬 머금고 타박타박
새벽 별 바라보며
돌아오는 나그네여

그대에게

내 사랑 그대
이 밤 어느 하늘 아래서 무엇을
하고 계십니까? 가을은 깊어가고
당신의 조용한 미소는 나를 나를
사무치게 눈물나게 하는구려 하!
너무 그리워 어이하리
소리없는 통곡이 이 산천을
뒤흔들고 나는 달려갑니다
바람처럼 당신을 찾아 어디든
날아갑니다.

그대여 어데서 나를 안아주시겠습니까
내 사랑 당신 어느 깊은 골짜기 개울가
구절초 흐드러진 하얀 꽃밭에서
나를 기다리시나요
영혼들의 무도회를 즐기시나요
내 영혼은 그대 찾아
문경새재 깊은 숲을 지나 청남대

대청호까지 날아왔습니다
사랑하는 사람이여!

아름다운 동산

세상 무거운 짐 모두 내려놓고
상처 난 몸 어린 아기 되어
백년 은빛 서리꽃 피었네

정성과 사랑으로
인자한 웃음 차곡차곡
그대들의 아름다운 봉사
보듬어 안는 사랑이여

피로에 지친 삶 잠시 쉬어갈
아늑한 휴식의 공간
호수처럼 잔잔하여라
햇살같이 빛나네
"성은 실버케어스"여

카네이션 한 다발로 피어난 오월
무엇으로도 대신할 수 없는 부모님은혜
커다란 사랑 한 묶음 가슴에 심어 드리네.

최영희

죽전시문학회 회원
가천대 평생 창시과 수료

한여름 악사

사람은 죽어 땅속에 묻고
매미는 땅속이 봄이다
여덟 해를 살고 이승에 나와
허물 한 번 벗어 걸고
장맛비에
나뭇잎 우산 속에 숨어
비 그친 한낮
목을 쥐어짜
세상 개소리에 노래로 답한다
고작 일생이 몇 날
노을도 품고
무지개 속을 날며
목청을 돋우어 세상 귀 구멍을 뚫는다

유년의 북쪽

술찌게미 사발에 돌려 마신
낯 붉은 어린 해
어지러워요 취해요
아나쿤다에 검은 독처럼 토해냈다
질그릇 항아리에 흰 거품
부글부글 술이 끓고, 양조장 책상에
결재도장 찍던, 젊은
아버지
찬바람에 명치끝을 채이고
겨울 강바람은 나의 유년을
포로로 잡고 있다

어떤 임종

가파른 숨이 고개를 넘나들고
얼굴 안에 달빛은 투박하다
의식의 등불은 깜박이고
관념의 바위는 허무하게 먼지가 되어 날아간다
눈들이 빛을 비추고

웃고 있던 입은 호박꽃처럼 옹그라들었네
딸은 후라이팬 손잡이 같은 손을 붙잡고 이름을 외쳤다
마른 눈물과 울음소리가 났다
고통을 딛고 있던 사람, 꿈이었나

손에는 검정색 묵주를 꼭 붙잡고
큰 숨이 천둥을 쳤다
이승에 희로애락이 꺼졌다
눈들이 눈빛을 비추고

눈을 닫는다 검은 혀는 말이 없다
하늘이 내려오고 땅이 하늘을 오른다

이승의 문을 닫는다

딱딱한 不可 觸
아들이 전화를 한다
이동식 들것에 흰 보자기 막이 내렸다
사람아
色卽是空 사람아
울음소리 들리지 않고
12시 55분 이승의 시간에 못을 박는다

아버지의 안경

검은 뿔테 안경
지난 시절 김구 선생 쓰시던 유행의 안경

아버지는 쓰실 때마다 백범선생 닮았느냐
안경 넘어 부엉이 눈알을 굴리며 묻는다
어머니는,

구봉서 꼭 닮았네, 깔깔깔 앵무새소리 내 웃는다
어느 날
낡은 재봉틀 앞에 할미꽃, 백범 안경을 쓰고
바늘귀에 한숨을 꿴다

먼 훗날 나도
다리가 부러져 고무줄에 매단 백범 안경을 쓰고 신문을 읽는다
아내는
아버님 빼닮았다고 앵무새처럼 웃는다

아버지는 뿔테 안경 하나 남기고
속 빈 대나무처럼 빈손으로 가셨다

집으로 가는 길

물은 갠지스강으로 흐르고
나는 물이 걸어온 길을 거슬러 간다
이제 막 비는 뚝 그쳐, 숲은 푸르고
잎새에 눈물방울
반짝 반짝
한 점 바람이 지난 후
텅 빈 정적
바람이 불고
잎새에 애인의 눈물방울 쾅 쾅
뚜르르
감자를 삶는 아내에게
터덜터덜 걸어서 간다

어떤 문단의 영광

언어의 뼈는 골다공증
겹겹이 기름 낀 비만의 시
文壇文集에 둥둥 떠 있다

시인은 철 지난 이력을 주렁주렁 달고
제 지갑에서 산 꽃다발을, 그대 시를 그대가 자축
쓸개 빠져 쓴맛 잃은 운석

점지를 받아 쓴 문집 속 시들은 먼지가 뽀얗다
어느 날 시인의 친구 부인이 감자 찌는 아궁이에
문집을 불쏘시개 삼아, 골다공증 시를 火葬
賻儀

주인이 기르는 개에 물려 조롱거리가 되듯
시에게 물려 시인이 웃음거리가 됐다
길마다 마주친 사람은 시인이며, 독자는 아직 알 속에 있다

시인아

서러워 마라
영혼의 밤 돌을 탁마하는
그대 고독한 시인

밤이면 별에 시를 달아주고
낮이면 구름과 놀고, 꽃잎에 뿌려
깊은 산 나홀로 핀 꽃
그대의 시를 알 속에 독자는 기다리고 있다

표석화

교육공무원 정년 퇴임
죽전시문학회 회원
2013년 『한국현대시문학』 겨울호 등단
2014년 시집 《손녀이야기》 출간

산타모니카 해변의 하루

추억을 담고 있어요
하얀 비키니 아가씨들 아슬아슬
넓고 긴 모래밭
초콜릿 빛 아가씨들 엉덩짝도 슬아슬아

흑인 청년들 검은 몸
바닷가 청춘의 자유
태양 볕에 굽는 몸
물구나무선 젊은이들

왔다 갔다 아이스크림 나르는 하얀 아빠
엄마의 눈빛은 아이에게 꽂혀 있고
레게 머리한 검은 두 꽃송이
뚱뚱한 엄마 함께 뒤엉켜
푸른 바다를 보고 있어요

아시아에서 온 할미와 하비 손녀들
파도 위에 날고 있는 하얀 바닷새와

추억을 쌓고 있어요
노랑 꽃 흰 꽃 검은 꽃 평화로운 꽃밭
하느님의 가족들
모두가 즐기는 산타모니카 해변

벤치와 검은 사내

LA 팍 라브레아 근처 공원에 가면
매일매일 그 자리 그 벤치에 앉아 있는 검은 사내가 있다

검정 커다란 우산을 들고
커다란 바퀴 가방에 고무줄로 둘둘
뭔가가 말려 있다

사내에게 자꾸 눈길이 가며 가까이는 못가고
멀리 돌아가는 이유는 말을 하는 것이다

혼자서 영어로
무슨 말을 하는 것일까

팍 라브레아 아파트 정류장 벤치에는
다른 검은 사내가 항상 그곳에 앉아 있다

벤치를 찜하고 그냥 항상 앉아 있다
어느 날 그 벤치에 사내들이 안 보이면

이상하다 빈집을 보는 듯하다

*미국 LA 한 공원에서

코타키나발루 해변

소들이 산책한다
우공이 지난 뒤 쇠똥의 해변

우주에 숨겨 놓은 모래알들의 노래
눈부시도록 반짝이는 바다
삶이 확 씻겼다

아름다운 석양
발루 해변의 추억

해변의 아름다움 가슴 벅차게 담는다

*말레이시아 여행 후

나나문강

강기슭 숲속으로
낙원의 숨바꼭질
긴꼬리원숭이 더 깊이 숨고

날으는 반딧불은
반짝이는 불빛
별들의 축제

나나문강 통통배 뿜는 연기
검은 새가 되어 날아간다

*말레이시아 코타키나발루 여행을 마치고

경로 만만세

어디를 가도
지하철 무료
경로자리 우대하니
젊은이들에게 미안하지
온양온천 전통시장 새알심 팥죽 먹고
소양호 닭갈비 관광하고
경로는 바쁘다 바빠

복지관의 동창들
당구 포켓볼, 생동감 넘치는 탁구시합
노래방에서 가수 흉내 내기
하루 700여 명 줄지어 기다리는 점심
머리 손질 이천원
독감 폐렴 예방주사 놓아주니
경로는 즐거워

아침 시간
텅 빈 영화관에 남편과 손잡고 앉아

연애시절 생각

영화 끝나고 아슬아슬하게 집에 갔던 일

국제시장, 베테랑, 사도, 마션, 인턴, 동주, 귀향,

스파이더맨, 미라

무지무지 경로는 행복해

경로 만만세

더운 여름날

이곳에 올 줄이야 꿈에서도 몰랐다
추곡리 부부의 늦은 농장 살림

태극기 펄럭이는 도척면사무소 초등학교 중학교 성당
작은 도서관이 모두 가까운 이웃
좁은 골목 길고양이들 반짝이는 눈동자
대문 앞 쓰레기 더미 헤치며 야성을 잃었다

곤지암 터미널
구부러진 가지 오이 못난이 과일 한 바구니 놓고
오가는 사람들 구경하는 할머니
작은 가게들 정감이 다닥다닥 붙어 있다

곤지암행 마을버스 타고
가벼운 마음으로 도서관 독서 소풍 간다
화담숲 지나 소주 한 잔 구수한 소머리 국밥집
따뜻한 사우나에서 피로 푼다

인상이 좋은 분이 곤지암에 계시네요
웃는 모습이 참 좋군요
인사성 밝은 아낙네

옛날 내 별명은 히죽이었다
히죽히죽

꼬끼오 수탉 한 마리

농장으로 사 온 병아리
두 마리 산짐승에게 잡혀 갔고
두 마리 보신에 쓰였다

한 마리 수탉
홀로 꼬끼오 꼬끼오
닭은 굶어 죽지 않는다
빨간 벼슬 머리에 이고
강아지에게 놀부짓하며
먹이도 빼앗아 쪼아댄다

수탉은 때 되면
홰치며 꼬끼오 꼬끼오
쉰 목소리로 귀신 쫓아낸다

암탉이 걱정되어
새벽 산에 올라 울었는데
아뿔싸, 끓는 물속에 잠겨 있다
때 없이 운다는 죄목으로

다섯 강아지

매운 날씨 쌍한 날
다섯 강아지
눈 꼭 감은 새끼들이
꼬물꼬물 세상에 왔네
어미의 젖줄 빨아대니

뼈가 삐걱대는 아픔 겪는다
전등불 밝혀 볏짚 깔린 자리
힘없는 어미는 꼬리치며
출산의 모진 아픔 잊었는지

끓여주는 미역국 냄새 구수하다
새끼들은 분유로 대접하고
두 달여만 배냇몸 떨치고

새 인연을 맺고 다섯 강아지
빠이빠이 눈물 찔끔
시장에 내보냈지

벌레 친구

묵은 된장이 비 맞고
하얗고 통통한 벌레 생산했네
한 마리씩 잡아 바닥에 꺼내니
꿈틀꿈틀 어디로 가고 있다

누런 커다란 호박
길쭉한 벌레가 마구마구 기어 나오고 있네

가을바람이 불고 대추가 붉게 물들고
대추 속 벌레가 한 마리씩 살고 있다

도토리 속에도 벌레는 한 마리씩
그 단단한 벽을 뚫고 나오고 있다
벌레가 다 나가고 나니 도토리는 부스러지고 있네

밤 속에 벌레 모두 나와 웅크리고 있다
손으로 벌레의 느낌을 한껏 맛보고

이쁜 여주 구멍이 뚫려 있어
여주 속에도 벌레가 살고 있었구먼

벌레와 친해진 2016년
난 벌레 친구야 벌레 벌레

가을 산

청설모가 두 손으로
호두를 들고 가는 모습
참 귀엽다

람보 하비가 없는 틈을 타서
청설모가 뛰어다닌다
겨울 먹이를
모으러 뛰어다닌다

하비* 람보** 청설모
셋이 가을산에 산다

하비 람보의 출동
청설모는 슬퍼 나무 위에서 운다

하비 람보 청설모
호두가 떨어지는 가을산

*하비 : 손주들이 부르는 할아버지
**람보 : 하비가 기르는 커다란 개

이런 경험

신을 벗자 양말 따라 벗겨져
못생긴 발이 쑥

터진 양말 코로 발가락도 쏘옥
걸을 때마다 뒤꿈치에서 신발 안으로
양말이 말려

구두 속에 덧신 안 보여야 하는데
옆으로 여기저기 튀어나와
은밀하게 숨어서 발을 감춰줘야 하는데
자꾸 자기 좀 봐달라고 하네

허벅지 스타킹 도르르 말리고
바늘구멍이 걸을수록 점점 커지고

운동화 속에서 잠자다 압사한 귀뚜라미
내 양말과 함께 생을 마감한다

코끝에 향기

빨강 장미꽃 향기 흠흠 좋아
초록빛 숲 시원한 향기
파란 하늘 드높은 그리움의 내음

은행나무 열매 밟고 지나가니
내 몸을 감싸 안는 은행 향
밤나무꽃 향기 어지러워라
숙성되어가는 낙엽은 추억 향기

쇠죽 끓이는 구수한 산속마을
비린내 나는 짠 바다 내음

말린 씨래기 된장 구수한 된장찌개 코 벌렁거림
밥이 익어가는 고슬고슬함
누룽지가 끓는 물 속에서 바글바글하고
빵집 앞에서 흘러나오는 밀가루 설탕 굽는
달콤함이 굴러다닌다

엄마 헌 옷에서 나는 그리움
아이의 오염되지 않은 원초적 향기
상큼한 빨래 걷으며 나는

엄마 생각

요양병원 엄마
허름한 환자복이 싫어

참 곱다

네가 입은 옷

연둣빛 꽃무늬 셔츠
입을 때마다 지금도 아련함이

나 좀 집에 데려다주렴

그건 안 돼

내가 그렇게 말했다

큰 그리움 쌓였다
2008년 하늘 가신 어머니

동인지 5집 시 원고를 떠나보내고 나니 홀가분하면서
도 두려운 마음이 엄습했습니다.

누군가 읽게 될 것이라는 생각을 떠올리면 얼굴이 화끈
거립니다.

올해는 많은 시집을 읽은 한해였습니다.

중견시인들이 한 편의 시를 쓰기 위해 시제와 시상을
붙들고 몸부림치며 속앓이를 하는 것을 간접 체험하면서
손끝이 오그라들어 시가 써지지 않던 그 고통이 오히려
나를 이끌어 주었습니다.

예상치 못한 장애요인들을 물리치고 시 공부를 계속토
록 이끌어주신 김태호 지도시인님과 선배시인들의 지도
와 배려에 감사드립니다. (수천)

이제 겨우 시에 눈을 뜨고 한발 한발 걸으니 넘어지고
깨지고 피나고…

때론 포기하고 싶고 멀리 달아나고 싶다.

한없이 부족하고 또 부족하지만 그래도 다시 일어나 한
줄 수놓는다.

아름다운 시가 되도록 매주 지도해 주시며 아낌없이 사랑 주시는 김태호 선생님께 감사드립니다.

죽전시문학회 모든 님께도 감사드리며 내년도 후년도 아니 영원히 함께해요.

고맙습니다. 모두 모두 사랑합니다!(aliasook)

우리 죽전시문학회 동인지가 벌써 5집입니다.

자랑스럽습니다.

회원들마다 개성 있는 글!

최상의 언어 선택과 다듬어 놓은 시어!

쉽게 쓰기는 더욱 어렵고 고달프지만 회원님들의 격려와 사랑으로 다시 힘을 냈습니다.

시도 없으면서 뻔뻔하게(?) 출석하며 행복했습니다.

제5집 동인지가 나오기까지 신경 써 주신 회장 및 회원님들께 깊은 감사를 드립니다. (blue)

나의 글이 책자화 되어 실린다?

詩를 쓴다는 건 생각도 안 했고 특별한 사람만 쓰는 갑

옷 같은 무거움이었는데 우연한 발 디딤으로 동인지에 투고하려니 부끄럽고 가슴이 쿵당쿵당.

죽전시문학회 출석만하여 분위기만 살피려 했는데, 한 달 가고 두 달 가고 하다 보니 분위기에 물들고 시상이 떠올라 연습장에 끄적거리다 숨겨진 끼가 발생하듯… 요즘엔 평소의 생활에서 소재를 찾아 나선다.

하루하루가 재미있는 시창작, 이보다 더 귀함 어디 있으리오. (꿀조새)

제5집 동인지 발간은 회원 모두의 쾌거 !

시인들은 오고 가는데 아쉽게도 회원 수는 줄어 가슴 한구석이 허허롭지만 사람은 떠나도 시는 영원히 남는 것이기에 다행….

이제는 홀로 설 수 있는 죽전시문학회, 무궁한 발전을 위하여 축배!!(밀물)

죽전詩마당

•

지은이 / 죽전시문학회 편
발행인 / 김영란
발행처 / **한누리미디어**
디자인 / 지선숙

•

08303, 서울시 구로구 구로중앙로18길 40, 2층(구로동)
전화 / (02)379-4514
Fax / (02)379-4516
E-mail/hannury2003@hanmail.net

•

신고번호 / 제 25100-2016-000025호
신고연월일 / 2016. 4. 11
등록일 / 1993. 11. 4

•

초판발행일 / 2017년 12월 5일

•

ⓒ 2017 박춘추 외 Printed in KOREA

•

값 10,000원

•

※잘못된 책은 바꿔드립니다.

ISBN 978-89-7969-765-0 03810